SIMONE SOUS LES RONCES

Texte: Maude Nepveu-Villeneuve
Illustrations: Sandra Dumais

Catalogage avant publication de
Bibliothèque et Archives nationales du Québec
et Bibliothèque et Archives Canada

Titre: Simone sous les ronces / Maude Nepveu-Villeneuve, auteure;
Sandra Dumais, illustratrice.
Noms: Nepveu-Villeneuve, Maude, 1985- , auteur. | Dumais, Sandra, 1977- , illustrateur.
Collections: Collection Histoires de vivre.
Description: Mention de collection: Histoires de vivre.

Identifiants: Canadiana 20190013729
ISBN: 978-2-923813-99-8 (couverture rigide)

Classification: LCC PS8627.E68 S56 2019 | CDD jC843/.6—dc23

Direction éditoriale: Véronique Fontaine et Joëlle Landry
Conception graphique: Camille Savoie-Payeur
Révision: Sophie Sainte-Marie
Correction: Marie Pigeon Labrecque

Dépôt légal: 3e trimestre 2019
Bibliothèque et Archives nationales du Québec
Bibliothèque et Archives Canada

Fonfon
info@editionsaf.com
editionsfonfon.com

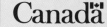

Financé par le
gouvernement
du Canada | Canadä

 Conseil des arts   Canada Council
du Canada   for the Arts

Nous reconnaissons l'aide financière du gouvernement du Canada
par l'entremise du Fonds du livre pour nos activités d'édition.

Nous remercions le Conseil des arts du Canada
de l'aide accordée à notre programme de publication.

Nous remercions le gouvernement du Québec de l'aide
financière accordée à l'édition de cet ouvrage par l'entremise du
Programme de crédit d'impôt pour l'édition de livres — Gestion SODEC,
ainsi que par l'entremise du Programme d'aide aux entreprises
du livre et de l'édition spécialisée.

FSC
www.fsc.org
MIXTE
Papier issu de
sources responsables
FSC® C011825

Imprimé au Québec sur papier certifié FSC® de sources mixtes

SIMONE SOUS LES RONCES

Maude Nepveu-Villeneuve
Sandra Dumais

À mon Adèle-chou.
M. N.-V.

À Lennon et Flora.
J'espère que vous trouverez
toujours les bons outils.
S.D.

fonfon

Moi, c'est Simone. J'ai un vélo à deux roues, des souliers rouges avec des étoiles, un doudou lion vraiment doux...

4

et des ronces.

Des ronces, ce sont des espèces de branches pleines d'épines. Les miennes poussent dans mon ventre et, des fois, elles s'enroulent autour de moi. Je ne sais pas toujours pourquoi, exactement. Tout ce que je sais, c'est que ce n'est pas super pratique.

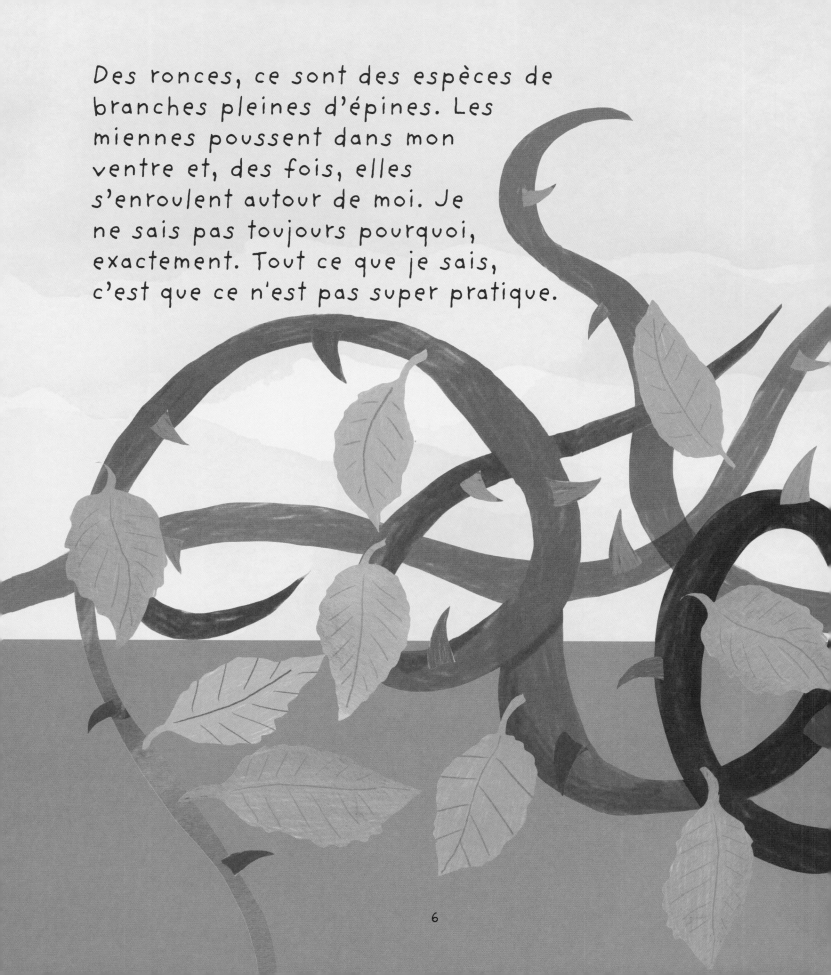

Elles m'empêchent de bouger comme
je veux et, quand elles prennent trop
de place, je deviens une grosse boule
piquante impossible à approcher, comme
un hérisson, et je fais fuir tout le monde.

Liste des choses qui font
pousser mes ronces :

Tic!
.Tac!

1. Voir une araignée dans
ma chambre (ou dans la salle
de bain, ou dans le salon, ou
au parc, ou n'importe où)

2. Me chicaner avec
ma meilleure amie

3. Être en retard

4. Aller chez le dentiste

5. Glisser de la plus haute glissoire du parc quand tout le monde attend après moi

6. Parler à des personnes que je ne connais pas

7. Et même, des fois, RIEN !

Le problème, c'est que je ne sais pas trop
comment m'en débarrasser et que ça me
donne souvent envie de faire la sieste.

Ça n'a l'air de rien, mais c'est fatigant, se battre contre des plantes maléfiques. Et le pire, c'est que je suis la seule à les voir.

Un endroit où mes ronces apparaissent souvent, c'est à l'école. Je ne sais pas si c'est à cause de la température dans ma classe, mais on dirait qu'elles poussent plus vite ici.

mon livre préféré!

CHiens du monde

Je veux aller là

Heureusement, il y a Solange, mon enseignante. Elle parle toujours avec une voix douce et elle est très drôle. Elle nous donne toutes sortes de noms bizarres.

13

Sauf que même Solange n'arrive pas toujours à calmer mes ronces. Surtout quand on va à la piscine, comme aujourd'hui.

Allez, mon petit ouistiti en gougounes, tu vas être la dernière dans l'eau!

C'est parce qu'à la piscine,
il y a le tremplin.

—Vas-y, ma grenouille en chocolat! Saute!
Je t'attends en bas!

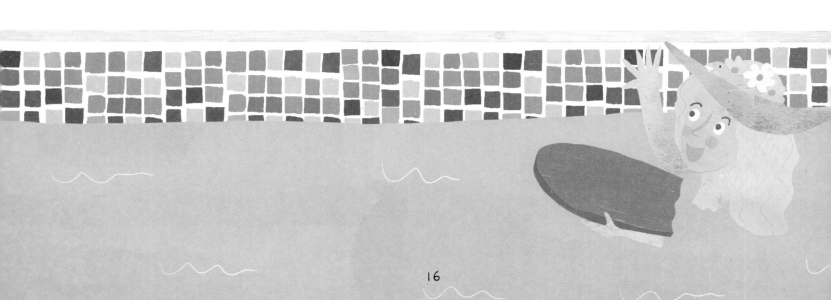

Je déteste le tremplin.

Bon, à trois, j'y vais. Un... Deux...
Deux et quart... Deux et demi...

Je ne serai jamais capable de sauter!

Je suis sûre que tout
le monde va se moquer
de moi.

J'ai peur que Solange ne soit pas fière de moi.
Elle va penser que j'ai fait exprès de ne pas
écouter la consigne.

Elle va être fâchée. Elle va sûrement écrire
un mot dans mon agenda pour le dire à papa
et à maman! Papa et maman ne seront pas
contents non plus...

Plus tard, dans la classe, j'essaie de faire mes exercices de mathématiques comme tout le monde, mais je n'y arrive pas.

— Simone? As-tu besoin d'aide?

— C'est mes ronces, elles m'empêchent de travailler.

— As-tu essayé nos respirations spéciales?

— Ça marche pas.

—Hmmm, je pense que j'ai une idée. Ferme les yeux. Peux-tu t'imaginer en train de couper les branches?

—D'accord, j'essaie.

—Ça va mieux comme ça, mon hérisson pleureur?

—Oui...

—Qu'est-ce qui a fait apparaître toutes ces épines?

—J'avais peur que tu sois fâchée parce que j'ai pas sauté du tremplin...

—Oh! Mais non, mon petit chat en pyjama. Tu réessaieras la prochaine fois. C'est comme ça qu'on s'améliore!

Moi, c'est Simone. J'ai un vélo à deux roues, des souliers rouges avec des étoiles et un doudou lion vraiment doux. J'ai aussi des ronces... mais je m'entraîne à les combattre!

L'anxiété est une émotion désagréable qui peut survenir à différents moments et se manifester de plusieurs façons. L'anxiété de Simone apparaît sous la forme de ronces qui l'envahissent et qui la paralysent. Heureusement, son enseignante Solange lui a donné quelques trucs. Elle lui a appris à faire de la visualisation et à se débarrasser de ses ronces à l'aide de toutes sortes d'outils.

Et toi, as-tu déjà ressenti de l'anxiété? Es-tu capable d'associer ce sentiment à une chose, pour ensuite pouvoir mieux t'en débarrasser, comme Simone le fait avec ses ronces?

As-tu remarqué que Solange donne des surnoms rigolos à Simone? Amuse-toi à reconstituer les différents surnoms, puis inventes-en de nouveaux!

Mon petit ouistiti	pleureur
Ma grenouille	en pyjama
Mon poisson	en chocolat
Mon hérisson	en gougounes
Mon petit chat	à lulus

Aux pages 8 et 9, Simone énumère des situations qui font pousser ses ronces, comme aller chez le dentiste ou se chicaner avec sa meilleure amie. Et toi, est-ce qu'il t'arrive de te retrouver dans des situations où tu ne te sens pas bien?

mon lion

Le lion de Simone semble l'accompagner à travers plusieurs moments de son quotidien. Parfois, on dirait même qu'il prend vie! Amuse-toi à colorier le lion de Simone en téléchargeant le dessin sur le site de Fonfon!

Plusieurs autres activités et trousses pédagogiques offertes gratuitement:
editionsfonfon.com